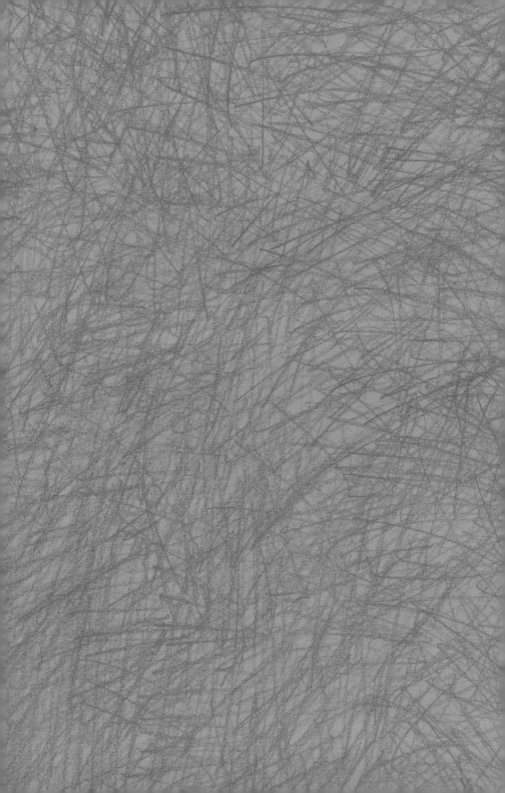

国际大作家桥梁书系列

爸的面包

〔德〕安特耶·达姆 著/绘　杜峰峰 译

人民文学出版社　天天出版社

著作权合同登记：图字 01-2023-1422

Text & Illustrations: Antje Damm
Title of the original edition: Hasenbrote
© 2012 Moritz Verlag, Frankfurt am Main
Simplified Chinese language edition arranged through Beijing Star
Media Agency, Beijing & mundt agency,
Düsseldorf

图书在版编目（CIP）数据

爱的面包 / (德) 安特耶·达姆著绘；杜峰峰译. -- 北京：天天出
版社, 2024.3
（国际大作家桥梁书系列）
ISBN 978-7-5016-2256-6

Ⅰ.①爱… Ⅱ.①安… ②杜… Ⅲ.①儿童故事 – 德国 – 现代
Ⅳ.①I516.85

中国国家版本馆CIP数据核字(2024)第047153号

责任编辑：卢　婧　　　　　　　　　　美术编辑：卢　婧
责任印制：康远超　张　璞

出版发行：天天出版社有限责任公司
地　址：北京市东城区东中街42号
市场部：010-64169902　　　　　　　　邮　编：100027
网　址：http://www.tiantianpublishing.com　传　真：010-64169902
邮　箱：tiantiancbs@163.com

印刷：北京博海升彩色印刷有限公司　　经销：全国新华书店等
开本：880×1230　1/32　　　　　　　　印张：1.5
版次：2024 年 3 月北京第 1 版　印次：2024 年 3 月第 1 次印刷
字数：23 千字

书号：978-7-5016-2256-6　　　　　　　定价：20.00 元

妈妈突然开始大扫除，就说明家里要来客人了。有客人来之前，妈妈总是会打扫卫生。如果是很重要的客人，她还会擦窗户、擦书架、打扫厕所，有时候甚至还会洗窗帘。

　　所有客人里面，最最重要的就是我的爷爷汉泽尔。其实他的真名叫约翰内斯，但是我们大家都叫他汉泽尔，就连爸爸也这样叫他，虽然那是他的爸爸。

　　汉泽尔爷爷住在地球的另一端，所以他很少来我们家。不过如果是假期，天气又很好的话，电话铃就会突然响起来，接着妈妈就开始打扫卫生。汉泽尔

爷爷会收拾好行李箱，拎着装着干粮的包坐上汽车。

为什么爷爷来之前，家里必须要那么干净呢，我也不太清楚。另外，我认为，家里脏一点也不会影响到他。他有一副镜片很厚的眼镜，但是他从来不戴，而是整天到处找它。

有时候我帮爷爷找到了，他高兴极了，然后又不知随手放到哪里了。所以家里即使不干净，他也根本看不出来。但是

妈妈可不管这些，如果你跟她说起来，她还会坚称，自己大扫除跟爷爷要来没有任何关系。

爷爷要来的那天，我们全家都会起得很早。我太激动了，根本就睡不着。太阳还没出来，我就搬一把椅子坐到窗前，身上盖着毯子，观察外面的大街，观察一会儿我就饿了。等到我去厨房找东西吃的时候，家里的其他人也都起床了。

其他人包括我的父母和我的两个弟弟法比和弗洛。他们的全名是法比安和弗洛里安。法比是我最小的弟弟，爸爸妈妈都不叫他法比，而是叫他"小可爱"。

法比真的很可爱，他睡觉的时候必须抱着一块旧的擦碗布，只要一困，他就会把这块布拖到床上。他不让妈妈洗这块布，可是妈妈经常会偷着洗。法比就会特别生气，还会大哭、不睡觉。然后家里就开始鸡飞狗跳，爸爸也会责怪妈妈，因为她什么都要洗。我要是妈妈的话，我就干脆不洗了。要让法比的擦碗布闻起来跟洗之前一个味儿，至少需要一个星期。

　　汉泽尔爷爷会开着他那辆灰老鼠颜色

的甲壳虫汽车来我们家。他的汽车座椅是时髦的格子图案，座椅上面还有钩针编织的彩色坐垫。爷爷在仪表台上摆着一个陶瓷小花瓶，里面插了一根羽毛。汉泽尔爷爷是一个很讲究的人，至少妈妈是这样说的。

爷爷曾经告诉过我，从他家到我们家的路他都记在脑子里了。他根本就不需要看地图，我敢肯定，他不但很讲究，还特别聪明。他能记得住整段路程，虽然这段路他全程要开一个小时，他真的住得很远。

我们当然也去过汉泽尔爷爷家，不过

是坐火车，这很简单，你只需要上车坐着，等到站了下车就可以。

汉泽尔爷爷到来那天我们先会经历漫长的等待，等他到了我们家，通常半天都过去了。

不光妈妈在忙着准备，我也在为爷爷的到来做准备。我把要跟他一起玩和一起看的东西全都找出来。我要给他看我新买的书、我在森林里最重要的发现（一颗很旧的野猪牙和各种不同的鹅卵石）、我的红色新麂皮皮鞋，最重要的是我的成绩单。我已经上二年级了，不久前刚刚拿到期中成绩单。我的朋友艾伦拿到成绩单之后，她的爷爷奶奶奖励了她钱。

我也要试试看，汉泽尔爷爷是不是也会给我钱。虽然我在注意力这一项得了三分，但是绘画得了一分①。我也想要钱。

我把所有东西都整整齐齐地摊在我房间的地板上，还在地板上放了枕头和毯子，这样爷爷坐着就不会硌得慌，而会觉得很舒服。

妈妈看到这些，便开始生气地数落我，我不得不把它们都收起来。我直接把它们都推到床底下了，这样不但速度快，而且

---

① 德国成绩中，一分为最高分。

用得着的时候，拿出来也很方便。

我们在等汉泽尔爷爷到来时，法比和弗洛一般都在打架，不过他俩本来也天天打架。

妈妈总想让我陪他俩玩，我也真的努力尝试过几次，可是很难。有一次我给他们表演木偶戏，中间有很长一段时间鸦雀无声，我就知道，他们又跑了。当时我正在卖力地讲剧情，讲到了特别扣人心弦那一段的时候，法比和弗洛跑进了浴室，给我的小熊抹了很多妈妈的抗皱霜，因为他们觉得我的小熊看上去太老了。

还有一次，我想出了一个天才的主

意，我在过家家的炉子上做了真的松饼，还在小桌子上摆上过家家用的碗碟，再摆上小花，非常漂亮。我写了一张点菜单，上面有三种食物，就像真的在餐厅点餐一样：

超级美味的肉桂松饼

10芬尼①，

恶心的绿色菠菜泥

3马克②，

黏糊糊的胡椒鸡蛋

15.2马克。

---

① 原德国货币单位。
② 原德国货币单位。

他们是不会点菠菜泥的，不会点也不会吃，鸡蛋也超级贵！

然后我们就开始玩餐厅游戏，我把厨房的白毛巾系在腰上当围裙，扮演服务员。

法比和弗洛扮演客人。他们研究了好几个小时的菜单，最终点了恶心的菠菜泥，就是单纯为了气我。

他们很清楚，我只准备了松饼。他们太坏了，我恨不得给他们端上这样一份菠菜泥。为了给他们点颜色瞧瞧，我一个人把松饼全吃了，无论他们怎么求我，我都不为所动。最后，要不是我飞速跑回自己房间，关上门，差点儿就被他俩打了。

他俩为什么总是互相打个不停，我也不知道。我想，大概是他俩太像了吧。他们住在同一个房间，妈妈给他们理了同样的发型，爸爸总是说："噢，那是我的两个'铁心王子'①。""铁心王子"好像也有我们这样的妈妈。

别人经常会把法比和弗洛搞混，因为他俩就差一岁半，长得一般高。

爸爸妈妈管他俩叫"小子们"，我是女孩，比他俩高多了。我没有姐妹，这倒没什么，只是跟他们一起玩很讨厌。

_____

① 哈尔·福斯特《铁心王子》里的主角。

跟法比一起玩还是比跟弗洛玩要好一点，我最喜欢的游戏就是把法比打扮成一个可爱的女孩子。但是我得给他糖果，他才肯让我打扮，而我自己很少会有多余的糖果。法比的睫毛特别长，我给他扎了可爱的小辫子，用妈妈的口红涂在他脸颊上当腮红，再给他穿上我穿小了的裙子。我幻想着自己有这样一个妹妹。只是有时

候，我那极其漂亮的、几乎像个真正女孩的"小妹妹"会突然掏出一根树枝，把它当作魔杖乱挥一气，还大喊着："嗨，嗨，你这讨厌的安特耶！"我就会有种幻灭的感觉。

妈妈说，她不会考虑再生个妹妹了，三个孩子就够了。再说，再生说不定还是个小子。我当然也不想这样，绝对不想！

两个弟弟就足够了!

我为汉泽尔爷爷的到来感到高兴。他肯定也会跟那两个小子玩,跟他俩在花园里来回跑,踢足球。爷爷曾经是个了不起的足球明星,他在他长大的那个村子组建了一个足球俱乐部,就像沙尔克或者拜仁慕尼黑①那种。每个星期六,他都会看体育新闻,那时我们就得非常非常安静。要是比赛中有人进球了,爷爷就会高兴地跳起来,跳得像个弹力球。

不过我知道,他也会陪我玩的,只陪

---

① 沙尔克与拜仁慕尼黑都是德国知名足球俱乐部。

我一个人！

　　我要跟汉泽尔爷爷一起去森林，他会告诉我很多花的名字。上次他给我看了一种小黄花，它们长在低矮的墙上，爷爷让我猜它的名字。过了一会儿，他告诉我："这个叫胖母鸡。"把一朵花命名为胖母鸡，我们俩都觉得好玩极了。

　　在爸爸的植物书本里，我们还发现了好多用动物命名的植物。比如说"狮子牙"①"狐狸尾巴"②"刺猬花穗"③和"牛

_____

① 蒲公英。
② 狐尾苋。
③ 刺莲。

嗉囊"①。

我们觉得最有趣的是，有一种植物竟然叫作"兔子面包"，就是汉泽尔爷爷每次来我们家都会给我们带的那种面包。"兔子面包"指的是一个人在旅行途中没吃完的干粮。

等爷爷来了，我打算问他一些蘑菇的名字。他几乎认识所有的动植物，包括小草和蘑菇，还给我讲过很多关于它们的有趣的事情。比如说，怎么通过榛子的空壳来判断它被什么动物啃过：榛

——————

① 黄花草。

睡鼠啃过的缺口是圆的，松鼠会啃掉榛子的尖头，因为那是榛子壳最薄的地方。或者如果去摸含羞草的叶子，它们就会卷起来。还有怎么把双手合在一起并用力吹气，来模仿猫头鹰的叫声。我的爷爷是最聪明的！

我早就把所有跟动物和植物有关的书，还有那本蘑菇指南全都从客厅的书架上拿出来，藏到我的床底下了。

妈妈和爸爸坐在餐桌旁讨论爸爸该去

买什么东西。每次要来客人的时候，他俩都会因为吃什么而讨论一番。爸爸总是想准备香肠或者肉饼，妈妈觉得蔬菜烤盘更好。

赢的通常是妈妈，因为健康的蔬菜我们家有很多，美味的香肠却很少。我猜，这对汉泽尔爷爷来说无所谓，他几乎什么都吃。他给我讲过战争中的故事，他当时被关起来了，特别饿却没什么吃的。于是他把长在被关地方的草拔起来吃掉了。吃过草的人，一定会喜欢吃蔬菜烤盘，这是毫无疑问的。

爸爸写了一个长长的购物清单，开着车买菜去了。妈妈开始擦窗户，还小声发着牢骚，因为她把玻璃上擦出一条一条的痕迹，而且越擦越多。法比和弗洛在地下室打架。

我拿来纸和笔，开始给汉泽尔爷爷画告示牌，以便他在我们家待得更轻松。我家规矩可多了，汉泽尔爷爷要务必遵守，这样才能不跟妈妈产生矛盾。

第一张告示牌放在厕所："坐着小便，不然会溅出来！"另外一张放在汉泽尔爷爷的房间："不要用脏手指碰玻璃窗！"

我还在告示牌上画上美丽的图案，再把它们挂起来。

我非常确信，这下汉泽尔爷爷的来访

将会非常顺利。不会有人吵架，法比和弗洛也不会打架，爷爷会有很多时间陪我！

爸爸买菜回来了，搬回来好几袋加好几筐东西。他归置这些东西时，我们在旁边认真看着，最终发现：他忘了买巧克力酱！有时候当家里要来客人时，就会有巧克力酱。这是很难得的例外，因为妈妈认为巧克力酱特别不健康，妈妈又特别注意我们的饮食健康。

法比大哭起来，他一定要吃巧克力酱。妈妈又发现，爸爸忘买黄油了，也没买鸡蛋。"洗洁精在哪儿呢？"她不耐烦地问。爸爸看起来灰头土脸的，又开着车走了。

妈妈开始打扫卫生间，突然，整个公寓都充斥着一股新鲜的柠檬味。

弗洛宣布，他要为爷爷亲手做一件漂亮的手工作品，说完就消失在地下室里。法比嘬着他的那块擦碗布，虽然他坐在餐桌旁不停地喊饿，可是他长有长睫毛的眼皮几乎都快合上了。我在制作另一张告示牌："请不要争吵和打架！"

爸爸第二次购物归来，开始给大家做麦片糊糊。糊糊里要放樱桃，樱桃是我家樱桃树上结的，妈妈把它们做成了罐头。这是我们最爱吃的食物之一。做这个最大的问题就是要数好樱桃的个数，免得有人吃得多，有人吃得少。

大家都被喊来吃饭，可是法比突然不见了。我们喊他，他也不过来。他消失得无影无踪。我们开始在整个屋子里搜寻他，妈妈已经慌神了。

"谁是最后一个看到他的？"她问。爸爸刚买东西回来的时候，我在厨房见过他。可是他现在已经不在那儿了。谨慎起见，我甚至还打开冰箱看了看。我跑到地下室，检查了洗衣机里面，还把洗衣筐里的脏衣服全都倒出来。汉泽尔爷爷房间的床上也没有。"他可能跑到街上去了。"爸爸想了想，甚至还去摁了邻

居家的门铃。

可是法比真的不见了！

"你们是不是又吵架了？"爸爸问。

"没有！"我拼命摇头，斩钉截铁地说。

我偷偷地设想了一下，如果只有一个弟弟该有多好，至少能省下一些樱桃。不过也没有人让我打扮了。也许我还是会想他的……

爸爸在花园里来回跑着，他检查了每一棵灌木，甚至连车库也找了。

妈妈挨个房间找，找到我房间的时候，我脑子里只有一个念头：但愿她不要检查我的床下！这时，我突然看见衣橱门开了一道缝。我打开衣橱门，只见我的小弟弟蹲在我漂亮的裙子之间，一只手伸在巧克力酱的瓶子里，另一只手放在嘴里，心满意足地舔着。他看起来像个怪兽。衣橱里到处都是巧克力酱，我的裙子也都变成巧克力色了。

"这些衣服够我洗五缸了！……"妈妈一边高呼着，一边紧紧抱住浑身是巧克力酱的法比，喜出望外。

法比洗了澡，换好衣服之后，我们全家又聚集到餐桌旁。这时候，法比已经不饿了，麦片糊糊也又冷又硬了，不过至少

还有樱桃……

妈妈拿着一罐樱桃从地下室上来，开始尖叫起来："我的天！是谁把下面的樱桃罐头全都打开了？"

一阵令人无法忍受的沉默。

爸爸清了清嗓子，挨个盯着我们看。法比拼命摇头。

我说："肯定不是我！"只有弗洛罕见的一声不吭。

爸爸严厉地看着他，终于开口问他："你为什么要把罐头全都打开？"

"我为自己和汉泽尔爷爷做了一把弹弓，需要很大的橡皮筋。"弗洛盯着自己的膝盖低声说。他必须回自己房间去，一个樱桃一勺糊糊都不准吃。

糊糊反正也不好吃，又冷又硬，我们都不想吃了。我在心里悄悄地盼望着，汉泽尔爷爷这次能给我们带特别多的兔子面包。

"从现在起每天都吃樱桃，不然就全坏了！"妈妈威胁我们说。

但愿爷爷爱吃樱桃，我觉得其实每天都吃樱桃也没那么可怕。

吃完饭，妈妈开始烤樱桃蛋糕。

她还在因为罐头的事心情不好。在把蛋糕推进烤箱后，她气呼呼地继续擦玻璃

窗。现在妈妈开始动真格的了，谁都不准
碰玻璃窗，不然她真的会抓狂。

　　蛋糕闻起来好香，爸爸在摆桌子准备
喝咖啡，虽然麦片糊糊的盘子才刚刚清

理走。

　　我负责装饰餐桌。我穿上外套来到屋前，在草地上摘花。这种装饰我是跟我朋友艾伦的妈妈学的。跟我们家不一样，

她家有好多小摆设。复活节她家里摆着无数贴着金黄羽毛的小蛋壳，小蛋壳里面摆着有趣的小兔子和小鸡的造型。她家里还摆着一些黄水仙花束和脖子上系着紫色蝴蝶结的巨大的、毛茸茸的兔子。

我摘了很多黄色和蓝色的花朵，把它们插进小花瓶，放在餐桌上。

我在旁边放了几块鹅卵石，是从门前捡来的，还在花束里放了几只动物作为装饰——三只毛毛虫和一只耳夹子虫，是我自己抓的。

妈妈夸我的花束漂亮。可是当毛毛虫和耳夹子虫从花朵里面爬出来时，她又把我骂了一顿，我只好把这些东西都拿走。

"你们真是能给我添乱！"妈妈高声叫道。我觉得很不公平，我明明帮了她那么多忙。

"爸爸，汉泽尔爷爷到底什么时候来呀？"我问。

"再过一小会儿就来了，你可以先想想，你都想跟他玩什么。"

于是我又从书架上拿了一些桌游拼图和配对记忆游戏，把它们全都藏到床底下。床底下现在被我塞得满满当当的……

爸爸说，当钟表的长针指到十二、短

针指到四的时候，爷爷就来了。就快到时间了，我们三个坐在窗前，兴奋地看着大街。突然我们在地平线上看到一个灰老鼠颜色的小点点，这个小点点在渐渐变大。我的肚子兴奋得直痒痒，就好像有一千个泡泡在里面爆炸。刚才还在因为罐头事件垂头丧气的弗洛，突然跳起来大喊："噢！他来喽！"在此期间，在餐桌下面爬来爬去的法比已经睡着了，但是谁都没发现。妈妈来到窗前，迅速解下围裙，用手指拢了拢头发。爸爸去把房门打开，法比也慢慢醒了，因为我们的叫声实在太大。

甲壳虫汽车停在我家门口，我们都冲了出去。爷爷从车上下来。他好高啊！

我们拥抱着他。我把鼻子贴在他的大衣上，嗅着他身上的气味，感觉无比幸福。"汉泽尔爷爷，你喜欢樱桃，对吗？"我问。

"当然了！"他说，"不过我最喜欢的还是我的三个小强盗。"然后他甩着他的布袋子大喊，"我又给你们带兔子面包啦！"

现在一切都好了。

后 记

　　我到现在才知道，汉泽尔爷爷为什么会有那么多兔子面包。其实，他到我们家的车程很短，根本就不需要带干粮。但是因为我们太喜欢那些兔子面包了，所以他总是要做满满一袋子带给我们。面包做得厚厚的，里面抹了黄油，夹了美味的香肠、奶酪和小红萝卜。我觉得这些旅行过的面包棒极了，在广阔的世界里冒过险，所以它们才那么好吃。

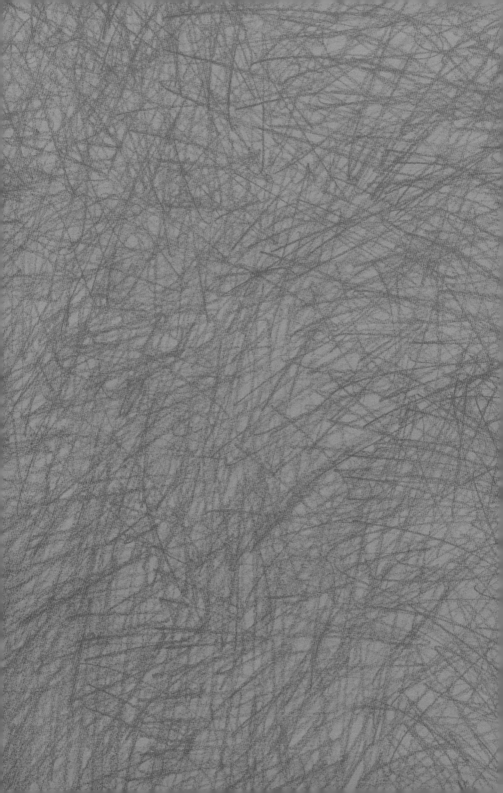